Couverture : STELLA   (avec son aimable autorisation)

COUSINE !

Du même auteur :

(E-books & version papier)

- Somewhere in Vladivostok
- Harcèlement   *(éd. BOD)*
- Harassment   *(éd. BOD)*
- Acoso   *(éd. BOD)*
- Neith (La mystérieuse Nubienne)   *(éd. BOD)*
- The Nubian (The mysterious Neith)   *(éd. BOD)*
- Les macarons   *(éd. BOD)*
- La veuve PLYNN   *(éd. BOD)*
- Instants ultimes   *(éd. BOD)*
- Que dire de plus ?   *(éd. BOD)*

(www.bod.fr)

COUSINE !

Roman

1

- « *Que cherches-tu à me prouver en agissant comme tu le fais Charlyne ?* »

- « *Tu n'as encore rien vu pauvre type !* »

- « *Pourquoi tu me traites de la sorte ma chérie?* »

COUSINE !

- « *Ne m'appelle pas ma chérie, s'il te plaît. Je ne suis pas ta chérie.* »

- « *Pourquoi faut-il que je t'aime à ce point, alors que tu fais absolument tout pour me foutre en l'air ?* »

- « *Toi, tu m'aimes ? … Que connais-tu de l'amour ? … Pauvre type !* »

- « *Tu vas maintenant arrêter de me traiter de pauvre type.* »

- « *Tu me ferais quoi ? … Pauvre type ! … Voilà je l'ai redit et je le dirai encore et encore !* »

- « *Te souviens-tu que dans trois heures, nous devons aller à l'aéroport ?* »

- « *Ah oui, tu crois que je m' inquiète pour ce bâtard ? Qu'est-ce qui te prouve que j'ai envie de le recevoir chez moi ?* »

- « *Tout d'abord, c'est aussi chez moi ici, ne l'oublie pas. …Tu étais d'accord pour recevoir cet enfant chez nous. N'est-ce*

7 COUSINE !

pas ? »

- « *Qu'est-ce que tu peux être naïf !* »

- « *Pourquoi tu dis ça ?* »

- « *Tu es vraiment naïf mon coco ! Crois-tu que parce que tu prends le fils de ta soi-disant cousine ici en Europe, tu auras le marché des panneaux solaires dans ton pays dans lequel la corruption est la règle ? … Comment peux-tu croire cela ? S'il te plaît, redescends sur terre avant qu'il ne soit trop tard ! … Et puis d'ailleurs, il a quel âge cet enfant ? Je n'ai pas envie de passer mes journées à faire du baby-sitting.* »

- « *Seize ans.* »

- « *Quoi ! Seize ans ? Tu te fiches de moi ? Et puis quoi encore ? Ah non, je refuse d'accueillir cette personne sous mon toit. … Tu es vraiment inconscient ou quoi ? As-tu oublié que nous avons une adolescente à la maison ? Et tu oses introduire ce je ne sais qui chez nous sous le prétexte que tu veux sauver ton entreprise ? … Ça ne va pas chez* toi ? … Pascal, ne me pousse pas à bout, sinon tu sais comment tout ceci va se terminer. »

- « S'il te plaît chérie, je voudrais dormir un peu avant d'aller à l'aéroport. »

- « Je t'ai déjà dit de ne pas m'appeler ma chérie. Et puis, je te rappelle que cette personne ne viendra pas chez nous. Comment faut-il que je te le dise ? »

- « Tu étais d'accord, non ? Que veux-tu que je fasse à trois heures de l'arrivée de l'avion ? Pourquoi es-tu si cruelle avec moi ? Tu sais que mon entreprise ne va pas très fort en ce moment. Et ce contrat à l'extérieur est la bouée de sauvetage que j'attends pour relancer les activités. Tu me plonges dans le désarroi. … Pourquoi tu ne m'écoutes pas ? »

- « Raconte ce que tu veux. Fais ce que tu veux. Moi, je vais me coucher. Ne t'avises pas à me réveiller, et je ne veux voir personne chez moi à mon réveil. »

- « *Tu me rends triste.* »

- « *Triste ou pas triste, je n'ai plus rien à dire.   Bonne nuit !* »

Pascal reste un moment pantois.

Il ne sait que faire.

Il connaît Charlyne et ses coups de sang. Mais, il a toujours su désamorcer les tensions au sein de son couple.

Mais cette fois-ci, il ne sait pas comment lui faire accepter son plan de sauvetage de l'entreprise d'installation de panneaux solaires qui bat de l'aile et qu'il porte à bout de bras depuis plusieurs mois. Il n'en peut plus de cette négociation sans fin.

Le revirement de cette épouse attentionnée est incompréhensible. Son obstination à empêcher cette arrivée est au-dessus de son entendement.

Pourtant Charlyne lui a toujours témoigné une grande tendresse. Toujours prête à lui rendre service, elle a partagé toutes ses envies et admiré son esprit créatif.

Elle l'a encouragé à aller de l'avant dans tous ses projets, notamment en ce qui concerne la création et le développement de l' entreprise qu'ils ont créée ensemble.

Mais depuis quelques semaines, rien ne va plus.

L'humeur de Charlyne a radicalement changé depuis l'annonce du plan de sauvetage.

Elle est tenaillée par une alerte de couleur écarlate qui semble lui intimer l'ordre de se protéger contre cette arrivée.

Cela la rend hargneuse et indélicate envers son époux.

Elle ne semble plus faire cas de ce respect naturel qu'elle porte à son époux.

Son langage est devenu vulgaire voire ordurier.

Pascal ne comprend plus rien.

Cela ne lui ressemble pas.

Elle, la fille de bonne famille, bien éduquée, sophistiquée et attentionnée.

Elle si aimante, saisissant toutes les bonnes occasions pour lui témoigner cet amour qu'elle ressent pour lui.

Elle toujours si amoureuse malgré la dizaine d'années de mariage au compteur.

2

Charlyne, la quarantaine heureuse, est diplômée d'une école d'art graphique.

Elle se spécialisa dans la sérigraphie, discipline dans laquelle elle possède un talent certain.

Ce qui la place *de facto* au top dans sa profession.

Éprise d'exotisme, elle voyagea pour la première fois en Afrique noire.

Elle effectua ce voyage dans le cadre d'une bourse d'étude obtenue pour approfondir ses connaissances sur les arts nègres en Afrique subéquatoriale.

Elle en avait besoin de mettre au point et développer de nouvelles techniques afin d'améliorer l'originalité de ses offres catalogue.

Première étape d'un périple qui devrait la conduire à Dakar au Sénégal, le berceau desdits Arts nègres créé lors du festival qui a eu lieu en Avril 1966 par le Président L. S. Senghor.
.
Compte tenu du peu de pouvoir d'achat que lui octroyait sa bourse d'étude, Charlyne se vit obligée de résider dans un modeste hôtel à la périphérie de la ville.

Dans cet hôtel, elle rencontra Pascal qui effectuait son stage de fin d'année, dans le

COUSINE !

cadre de ses études en hôtellerie.

L'attrait pour ce jeune homme à la dentition parfaite, soigneux, bien peigné, en uniforme bleu marine col Mao, effacé et méticuleux, fut immédiat.

Le vrai coup de foudre.

Pour lui, Charlyne était la femme de sa vie. Qu'importe qu'elle fut blanche, verte, rouge, bleue ou noire. Elle était celle qu'il attendait, la mère qu'il voudrait pour porter ses enfants, celle pour laquelle il se damnerait en faisant fi des traditions et du grand désespoir des natives.

Cette rencontre a été pour lui, comme l'instant qui suit la fin de la pluie, le moment où exhalent les senteurs des fleurs.

Pour Charlyne, rien ne la prédestinait à vivre cette situation si particulière à l'autre bout du monde.

Pour la première fois, elle expérimentait les doux effets produits par cette plaisante électrocution provoquée par l'amour.

Elle a été subjuguée par la dentition de ce réceptionniste au sourire magnifique, gentil, avenant, prévenant.

De ce fait, son séjour en Afrique avait pris une autre tournure.

Son attrait pour les arts nègres avait viré de bord.

Sur un ton plus léger, on pourrait dire que les arts graphiques étaient passés dans une autre dimension.

Nuit après nuit, les ardeurs de Pascal ont eu raison de la taille de guêpe de Charlyne, elle la femme filiforme aux grands pieds qui ne correspondait en rien aux standards de la femme africaine.

Les petits travers de Pascal l'amusaient beaucoup. Cela ajoutait à son charme. Il avait besoin de lui faire l'amour dans le noir absolu pour pouvoir se l'imaginer pendant ces longues minutes de pleines ardeurs, et la

COUSINE !

redécouvrir en rallumant la lumière, pour mieux se la réapproprier.

A chacun ses lubies. Allez comprendre quelques chose.

Et au moment des adieux, une passagère clandestine avait très discrètement embarqué sur le vol retour vers la France.

Neuf mois plus tard, naquit Mia, une adorable petite fille de trois kilos cinq.

Le mariage fut célébré en Afrique quatre années plus tard, à la fin des études de Pascal.

Il rejoignit la France dans les mois qui ont suivi le mariage, son diplôme de l'école hôtelière en poche, avec le ferme espoir d'assumer son rôle de chef de famille.

Il lui fallait pour cela dégoter au mieux un poste de maître d'hôtel, au pire, un poste de réceptionniste.

En fin de compte, le seul poste qu'il trouva, fut celui de réceptionniste de nuit remplaçant dans des hôtels minables pour les week-ends.

Commença une longue période de galères au cours de laquelle, Charlyne avait su gérer les petits et les grands désespoirs de son époux, pour lui éviter la tentation de retourner vivre dans son pays.

Elle se sentait un peu responsable de cette situation dans laquelle se débattait son époux.

Elle avait tellement « vendu » la vie à la française à Pascal, que ce dernier ne pouvait pas croire un seul instant qu'il était en train de vivre dans cette France tant enjolivée par son épouse lors de son voyage d'étude dans son pays.

Pascal n'est pas ce genre de personne qui pourrait profiter d'une quelconque opportunité pour migrer en Europe.

Cela n'est pas dans sa nature.

Il se sentait bien dans son pays, mais, il fallait qu'il assume son rôle de chef de famille pour s'occuper de Mia, sa fille chérie, conçue dans le plus grand dans les moiteurs des nuits africaines.

Son désespoir le consumait à petit feu jusqu'au jour où, par un heureux des hasards, il vit un reportage sur les panneaux solaires à la télévision.

Il reçut un choc, semblable à celui qu'il avait ressenti lors de sa rencontre avec Charlyne.

Alors son cerveau s'était mis à tourner à dix mille tours par minute.

Son esprit créatif pouvait s'exprimer à nouveau. Il revivait. Il était excité comme une puce.

Un jour, il demanda à son épouse de l'auditer aux fins de valider son projet conçu dans le plus grand secret.

- « *Quel projet ?* » demanda Charlyne.

Dans le plus grand secret, Pascal avait conçu une station solaire portative destinée à assurer l'éclairage des villages, alimenter le secteur pour faire fonctionner les appareils électriques domestiques, et si possible, faire fonctionner les dispensaires de brousse.

Charlyne ne pouvait pas s'imaginer qu'il y avait en son mari, un tel esprit d'inventivité.

Sa surprise fut totale.

Le cursus scolaire de Pascal n'avait rien à voir avec celui de cette frange de la population prédestinée à concevoir et à créer.

Ce fut un choc pour elle.

A la fin de la présentation, elle ne put s'empêcher de pleurer.

Pleurer non pas de joie, mais de voir comment le désespoir peut transcender un homme au lieu de l'anéantir.

Pascal n'était animé d'aucun esprit de revanche sur la vie. La vie ne lui avait rien pris. Bien au contraire. Elle lui avait offert la plus belle des choses : un avenir.

Il fallait qu'il la saisisse cette chose si belle, au profit de sa merveilleuse épouse, de sa fille Mia pour laquelle il donnerait sa vie, pour lui-même, lui qui à rompu ses attaches afin de connaître la terre promise, lui le réceptionniste au col Mao.

Avoir une idée est une chose.

La mettre en pratique en est une autre.

En vivre ? Alors là !

Il ne faut carrément pas exagérer.

Pour financer son invention, Pascal avait écumé toutes les banques de la place.

En vain.

Refus après refus, Pascal n'avait d'autres recours que la sous-traitance pour faire vivre son entreprise au jour le jour.

L' accalmie avait duré le temps d'un battement de cils. Le temps de l'exaltation est bien révolu.

Le désespoir refit surface avec son cortège de désagréments au quotidien.

Ambiance délétère semaine après semaine.

Le couple est au bord du naufrage.

Sur le minuscule bout de sentiment d'amour qui les unissait encore, ils voulaient faire vivre ce dernier espoir qui reposait sur l'idée de solliciter l'aide des gouvernements de certains pays d'Afrique.

Après tout, si cette invention leur est destinée, autant qu'ils la financent généreusement.

Question de bon sens.

Cette idée fit son chemin jusqu'au jour où, le recours à cette cousine restée au pays était apparu comme une évidence.

- « *Pourquoi ?* » Questionna Charlyne qui ne savait rien sur l'existence de cette cousine sortie de nulle part au milieu du naufrage en préparation.

Une bouée de sauvetage providentielle avec l'espoir secret qu'elle ne soit pas couverte de rustines.

Une cousine « manches longues » comme cela se disait au pays.

Pascal sembla embarrassé par la question.

Pourquoi elle ? Que peut-elle faire pour sauver l'entreprise de son cousin Pascal ? De quelles accointances dispose t-elle au pays pour sembler garantir (selon lui) ce sauvetage tant et tant espéré ? Pourquoi devrait-elle coûte que coûte rendre ce service à son cher cousin ?

L'absence de réponses à toutes ces questions, mit le feu aux poudres.

Charlyne devint de plus en plus irritable. Elle ne se contrôle plus. Elle se sent abandonnée au milieu de nulle part. Elle tourne en rond comme une lionne en cage.

3

Aéroport Roissy Charles de Gaulle 6h30.

Pascal, émergé d'à peine deux heures de sommeil, vient de pénétrer dans le terminal des arrivées.

Il est seul.

Un coup d'œil au tableau des arrivées. Le vol est annoncé.

Il profite de ce laps de temps d'attente pour s'offrir un solide petit-déjeuner sur place.

Il en a besoin, car une longue et difficile journée l'attend.

L'avion vient de se poser.

Il ne se précipite pas. Il sait que les formalités de police et de douanes sont longues. D'autre part, il n'est pas pressé de voir cet « enfant » de seize ans qui tient son salut entre les mains. Il en est convaincu, mais la vive opposition de Charlyne à cette arrivée au sein de sa famille le déstabilise au plus haut point.

Il a en mémoire sa dernière entrevue avec ladite cousine au pays avant son départ. Il se souvient de la manière dont les choses se sont déroulées.

A présent, il s'étonne du soudain désir de coopération de sa cousine pour l'aider à redresser son entreprise, lors de leur dernier entretien téléphonique.

Surprise d'autant plus forte lorsqu'il repense à ce marché que sa cousine lui a mis entre les mains en lui proposant en échange de sa médiation auprès d'un membre influent du gouvernement, l'accueil de son fils chez lui en France.

Il se demande comment il a pu accepter un tel marché.

Le sauvetage de son entreprise, mérite t-il de sacrifier la paix dans son foyer ?

Et comme l'a objecté Charlyne, qu'est-ce qui prouve que cette cousine pourra infléchir la décision du gouvernement de ne pas financer son entreprise ?

Il se sent assommé par toutes ces questions qu'il aurait dû se poser en amont avant d'en faire part à son épouse. Il se rend compte de l'énorme bêtise qu'il a commise en s'engageant dans cette voie dont l'issue est incertaine.

Mais, aveuglé par ce désir irrépressible de sauver coûte que coûte son entreprise, Pascal continue à se persuader du contraire.

Sa cousine ne peut pas le trahir. Elle lui a donné sa parole.

Il croit fermement à son honnêteté.

Il avale le fond de café qui restait dans sa tasse, puis se dirige vers la porte de sortie des passagers.

La foule est déjà dense.

Il se met en retrait de cette foule en choisissant le bon angle pour apercevoir les passagers libérés de la zone douanière.

Soudain, il se fige. Son sang se glace. Le sol se dérobe sous ses pieds.

A-t-il la berlue ?

Non, il a bien vu : il vient d'apercevoir la cousine accompagné de son fils.

Ils cherchent du regard Pascal dans la foule des accueillants.

La cousine arbore une mine serrée. Le fiston de seize ans, l'air hagard, regardant partout, avance derrière le caddie poussé par sa mère, collé à elle.

Doit-il discrètement quitter l'aéroport sans se faire remarquer et sans se retourner ?

Il n'en revient pas. Il est perdu.

Son esprit tout entier est tourné vers sa maison où, (tel un taureau qui entre dans l'arène, affublé de sa cousine et de son fils), sa mise à mort est assurée.

Il n'arrive pas à réfléchir. Le vacarme qui s'est installé dans sa tête et qui peuple tout son esprit, ne lui permet pas d'envisager la moindre alternative.

Les options qui s'offrent à lui sont quasi inexistantes.

La seule possible : se sauver, mais ….. que va-t-il advenir de sa réputation au pays ?

Le voilà pris en étau entre Charlyne, la lionne aux griffes acérées, prête à exécuter sa sentence, et la famille restée au pays dont les représailles sont prévisibles si, il lui prenait l'envie de ne pas accueillir sa cousine et son fils dans sa maison sur le sol français, même si ce n'est pas ce qui était prévu au départ.

4

Encore quelques secondes d'hésitation, et le voilà parti à la rencontre de sa cousine, le visage crispé, le sourire figé, la voix haut perchée.

- « *Bonjour cousine, tu as également fait le déplacement ?* »

Pas de réponse de la cousine qui s'avance pour lui faire la bise.

Il embrasse également le fiston qui le dévisage comme un étranger.

Puis, avant qu'il réussisse à trouver les mots justes pour entamer la discussion **:**

- « ***Pascal Je t'ai ramené ton fils.*** »

dit-elle très calmement tout en le fixant.

- « ***Hein ? … Que dis-tu cousine ?*** »

questionna Pascal.

- « ***J'ai dit : je t'ai ramené ton fils.*** »

Il ne comprend pas très bien.

Au pays, on peut appeler l'enfant d'un parent proche « ***mon fils ou ma fille.*** ».
Par exemple, en confiant un enfant désobéissant à un parent, on peut lui dire **:** « ***tonton / tata, s'il te plaît , parle à ton fils ou à ta fille*** », sans que le tonton ou la tata soit le

géniteur ou la génitrice de cet enfant désobéissant.

Une façon d'associer la collectivité à l'éducation des enfants de la communauté.

Donc au pays, en disant « *je t'ai ramené ton fils* » cela ne revêt pas nécessairement une signification particulière.

Mais autant s'en assurer tout de suite.

« *Oui, c'est notre fils à tous, n'est-ce pas cousine ?* »

murmure Pascal.

« *Pascal, je t'ai ramené ton fils ! Tu es bouché ou quoi ? Ton fils, tu ne sais plus ce que cela veut dire ? Ton fils !!! Tu le fais exprès ou quoi ?* »

rétorqua la cousine hors d'elle.

- « *Cousine, si c'est une plaisanterie, elle est d'un très mauvais goût.* » ajoute Pascal.

- « *Tu crois que je suis venue plaisanter ici*

en traversant une partie du continent pour venir te rejoindre ? Tu n'as pas l'air de bien comprendre. Je t'ai ramené ton fils. »

Chute de tension soudaine. Pascal est pris d'un vertige, mais réussit à se cramponner au caddie. Il commence à comprendre.

En un éclair, Pascal se souvient de cette fameuse nuit où, lors d'une cérémonie rituelle au village il a partagé la même chambre avec sa cousine Fyfé dans la maison son oncle.

Mais il a beau chercher dans sa tête, il a du mal à se rappeler si cette fameuse nuit a été l'occasion d'un rapprochement avec sa cousine ou pas. Il ne se souvient pas.

Il se souvient par contre de l'empressement de Fyfé à lui porter assistance au cours de cette cérémonie rituelle, elle la fille de la campagne connaissant sur le bout des doigts, la liturgie à appliquer, lui le cousin venu de la ville, ne connaissant rien à ces rituels sensés améliorer le sort de chacun.

Par ailleurs, il est admis que, lors des

33   COUSINE !

cérémonies rituelles, les consommations de boissons fortement alcoolisées n'est pas une légende. Généralement, les participants sont dans un état second, à force d'offrir des coups à boire aux esprits de la famille. Et nul ne peut offrir à boire si préalablement, il n'a pas porté à ses lèvres le verre de l'amitié. Naturellement , certains font la confusion entre « porter aux lèvres » et « goutter ».

Imaginez le résultat en fin de cérémonie.

Donc, ce qui a pu se passer au cours de cette fameuse nuit, lui échappe complètement.

Mais comment n'a-t-il pas entendu parler de cet enfant depuis tout ce temps ? Comment cela se fait-il que personne dans la famille n'ait soulevé cette question au cours de tout ce temps qu'il a passé au pays avant son départ pour l'Europe, ni au niveau de ses propres parents, ni au sein de la communauté ?

C'est à se demander comment cet enfant ait pu traverser toutes ces années sans se faire remarquer, ni au village, ni en ville ?

Seize longues années, ce n'est pas rien.

Pour l'instant, il cherche toujours à gagner du temps en essayant de faire durer la discussion.

Mais :

- « *Pascal ramène nous à la maison, nous sommes très fatigués et nous avons faim.* »

Saisissant la balle au bond, Pascal essaie de profiter de la situation :

- « *On va prendre le petit déjeuner ici avant de rentrer. … D'accord ? On y va !* »

Il se saisit du caddie et amorce le départ vers la brasserie où il vient de prendre son petit-déjeuner.

- « *Non Pascal, je ne veux pas la nourriture des blancs. J'ai ramené de la farine de maïs pour préparer de la bouillie. … Qu'est-ce que tu attends pour nous ramener ?* »

Pascal est au bord de la crise de nerf.

- « Cousine, je ne peux pas vous ramener à la maison. Cela est impossible. »

avoue Pascal qui n'a plus rien à perdre. Il sait que la situation est de toutes les façons hors de contrôle. « Tout est gâté » comme on dit au pays.

- « Hein ! Qu'est-ce que tu dis ? Ai-je bien entendu ? »

- « Cousine, je ne peux pas vous ramener chez moi. Ma femme ne veut pas. »

- « Tu parles de qui ? La blanche là que tu as épousée au pays ? Va-t-on encore perdre du temps à palabrer ici ? Pascal, pour la dernière fois, ramène nous à la maison. »

Le stress de Pascal est à son comble. Il a chaud. Il transpire. Il ne tient pas en place. Il n'arrête pas de se gratter le sommet de son crâne, signe chez lui d'une grande nervosité.

Fyfé l'observe et attend sa décision.

5

Pascal se décida enfin à prendre le chemin du parking derrière le caddie, suivi par Fyfé et son fils.

Chaque pas lui coûte.

Chaque ascenseur qui arrive bondé, est l'occasion de cette prise de décision rapide :

37   COUSINE !

- « *On prendra le suivant !* »

Jusqu'au moment où, la porte de l'ascenseur s'ouvrit et miracle : personne à bord.

Fyfé le pousse dans le dos pour le faire entrer plus vite dans l'ascenseur avant que la porte ne se referme.

Bouton quatrième sous-sol.

Aucun arrêt intermédiaire.

Temps de décente record, le quatrième sous-sol est annoncé.

Ouverture de la porte de l'ascenseur. Direction le guichet de paiement.

Devant le véhicule, Pascal met un temps fou à retrouver la clé. Il fouille dans toutes les poches de sa veste. Il fouille et refouille. Il la retrouve enfin.

Vu de l'extérieur, c'est devenu presque agaçant d'assister à toutes ces tergiversations au nom d'une peur qui n'a peut-être aucune raison d'être.

Rien ne lui prouve que Charlyne soit dans le même état d'esprit que la veille.

Avant de démarrer, il compose le numéro du portable de Charlyne. Première sonnerie. Deuxième sonnerie. Troisième sonnerie. Elle ne répond pas. Il soupire. Son angoisse monte d'un cran. Il raccroche.

Finalement, le véhicule démarre. Direction la banlieue.

Aucun échange au cours du trajet.

De temps en temps, Fyfé se retourne pour rassurer le fiston. Ils se parlent avec les yeux. Ils se comprennent. Le fiston est serein.

Pascal s'applique à conduire son véhicule, le plus sereinement possible.

Vitesse réglementaire. Respect du code de la route.

La maison est en vue. Dernier virage, puis

arrêt devant un pavillon.

- « ***Nous sommes arrivés.*** »

annonce Pascal.

- « ***Attendez-moi. J'arrive !*** »

ajoute t-il .

Il descend du véhicule et s'engouffre dans le jardin.

Pascal pénètre dans le pavillon et recherche son épouse qui se trouve dans la cuisine devant son bol de café.

- « ***Bonjour chérie. Bien dormi ?*** »

lance Pascal d'une voix mal assurée.

De là où elle se trouve, Charlyne peut voir ce qui se passe dans la rue devant le pavillon.

- « ***C'est qui la femme dans la voiture ?*** »

dit-elle froidement.

Le cœur de Pascal bat à tout rompre.

- « *C'est …........* »

Avant qu'il eut le temps de formuler sa réponse,

- « *C'est - qui - la - femme - qui - est - dans - ma - voiture ?* »

saccade t-elle le visage serré.

- « *C'est ma cousine.* »

répond Pascal, prêt à en découdre.

Charlyne éclate de rire. Un rire bizarre. Un rire inquiétant. Un rire bruyant. Un rire inhabituel. Un rire qui n'annonce rien de bon.

- « *Et qu'est-ce qu'elle fait dans ma putain de voiture ? … Tu peux me dire ?* »

hurle Charlyne.

- « *Je ne sais pas chérie.* »

- « *Tu te fiches de moi ? ... Et je ne t'ai pas dit de ne plus m'appeler chérie ?* »

- « *Oui ma chérie !* »

- « *Abruti !* »

- « *Non chérie. Je ne suis pas un abruti. …. Quelle que soit la situation, nous leur devons l'hospitalité. C'est comme cela que ça se passe dans mon pays.* »

dit Pascal très calmement.

- « *Et tu te crois dans ton pays ici ?* »

demande Charlyne plus remontée que jamais.

- « *Non ma chérie. Mais je suis le représentant de mon pays dans cette maison. Et à ce titre, je me dois de respecter la tradition de mon pays, en accordant l'hospitalité à nos visiteurs.* »

répond Pascal.

- « *Ta tradition et toi, vous me faites chier grave !* »

- « *Pas de vulgarité chérie ! Ce n'est pas parce que tu prétends être en colère que ton langage va perdre de son élégance légendaire. … Qu'est-ce qui t'arrive chérie ? Pourquoi toute cette animosité à mon égard ? Que t'ai-je fait ? … Ça ajoute quoi au débat de m'insulter sans cesse ? … Peux-tu m'expliquer ce qui se passe ?* »

- « *Il se passe que j'en ai marre de toutes tes manigances …* »

- « *Manigances ? Tu sais ce que cela veux dire ?* »

- « *Encore heureux que je sache ce que cela veut dire. Tu ne vas pas prétendre m'enseigner ma langue, non ?* »

- « *Non ma chérie ! Je n'ai pas cette prétention. Mon seul tort dans cette affaire, c'est d'essayer de m'en sortir. Te prouver que je peux faire quelque chose de ma vie. Me regarder dans le miroir et me dire : Pascal , tu as réussi ta vie. Quel mal y-a-t-il à ça ? Quel crime ai-je commis ? … Tu parles de manigances : comment peux-tu mettre en doute ma bonne foi ? … Chérie, ce qui m'arrive dépasse ma capacité à comprendre la tournure que prennent les choses. Et puis chérie, où est passé ton intérêt pour ma personne ? Où est passé cet temps-là où j'étais le centre de tes préoccupations ? Et si j'ose être de mauvaise foi, pourquoi es-tu allée me chercher dans mon trou si c'est pour me tourner le dos aujourd'hui et t'évertuer à m'humilier matin midi et soir ? Dis-moi chérie. S'il te plaît.* »

Devant ce monologue, Charlyne reste impassible.

Elle ne parle plus.

Pascal a-t-il fait mouche ?

La partie est-elle gagnée ?

Rien n'est moins sûr.

6

Persuadé d'avoir « arraché » au finish l'accord de son épouse pour faire entrer sa cousine et son fils dans sa maison, au moment où il se dirige vers la porte pour aller les chercher :

- « *Tu as bien parlé de visiteurs, n'est-ce-pas ? … combien de temps vont-il rester ? … Ma question est simple Pascal, peux-tu me*

COUSINE !

répondre ? »

- « *Je ne sais pas chérie. … Pour l'instant, voilà des gens qui viennent de parcourir plus de 7000 km pour arriver jusqu'ici. … Ne penses-tu pas que, avant de nous préoccuper de la durée de leur séjour, la première des choses à faire, c'est de leur offrir un verre d'eau pour les désaltérer et une douche pour se laver ? Non ? »*

- « *Ok, ils peuvent entrer.* »

- « *Merci pour eux, chérie.* »

Alors, Pascal sort de la maison et se dirige vers le véhicule.

- « *Ma coépouse a accepté de nous faire entrer ?* »

lance Fyfé d'un air sarcastique.

- « *Oh non, ça recommence !* »

murmure Pascal.

Il vient de livrer et gagner une bataille. La paix semble acquise, mais fragile sur bien des aspects. Et ce genre de réflexion risque de remettre le feu aux poudres.

Il ne sait que faire.

- « *Cousine, peux-tu un instant considérer que ce genre de réflexion ne peut pas passer dans les conditions où nous nous trouvons à l'heure actuelle ? … Depuis quand ma femme est-elle devenue ta coépouse ? … Fais attention à ce que tu dis, s'il te plaît. Pourquoi cherches-tu à tout gâter ?* »

- « *Pascal, écoute moi bien. Comment appelle t-on deux femmes qui ont fait des enfants à un même homme ?* »

Pascal est sans voix.

Que répondre à cette personne qui n'a qu'un but en tête, prendre la part qui lui revient.

Mais, quelle part ?

Pascal invite tout le monde à descendre, puis contourne le véhicule, ouvre le coffre arrière et sort les bagages.

Il demande au fiston à prendre en charge une partie des affaires.

En file indienne, ils pénètrent tous dans l'enceinte du pavillon.

A la surprise générale, Charlyne les attend devant la porte d'entrée de la maison.

Pascal ne sait pas comment les psychologues interpréteront cette attitude, mais pour lui, Charlyne veut montrer que c'est elle qui décide qui peut entrer dans sa maison ou pas.

- « *Bonjour. Soyez les bienvenus dans ma maison.* »

lance Charlyne.

- « *Bonjour !* »

répond sèchement Fyfé.

Pascal décide de faire les présentations.

Il se tourne vers sa cousine.

- « *Je te présente mon épouse Charlyne.* »

 Fyfé répond dans sa langue vernaculaire :

- « *Bonjour ma coépouse.* »

Pascal ne relève pas et poursuit :

- « *Ma chérie, je te présente ma cousine Fyfé et son fils Alcibiade.* »

Fyfé objecte toujours dans sa langue vernaculaire :

- « *Hum … Ma chérie ! Ma chérie ! … On va voir qui est ta chérie ici. Tu ne perds rien pour attendre.* »

Pascal continue de faire bonne figure.

«*Vous ne parlez pas français ?* »

interroge Charlyne.

- « ***Madame, tu veux savoir ce que j'ai dit précisément ?*** »

répond Fyfé dans un français impeccable.

Mais avant que Charlyne réponde et que la situation ne dégénère, Pascal intervient très habilement en invitant tout le monde à entrer dans le pavillon.

En maîtresse de maison très attentionnée, Charlyne accompagne Fyfé et son fils dans la chambre d'amis.

- « *La douche, Madame.* »

demande Fyfé.

Charlyne s'exécute et la conduit dans la salle de bain, puis revient à la cuisine où Pascal s'affaire à préparer la bouillie du matin.

Cela fait des années qu'il n'en a pas vu la couleur. Il a grandi en consommant matin après matin, cette bouillie bourrée de vitamines et de nutriments divers.

Charlyne se met à l'écart et l'observe.

7

Quelques instants plus tard, tout le monde se retrouve autour de la table à la cuisine.

Pascal remplit les bols et propose un bol de cette bouillie à Charlyne.

Elle accepte. Elle en a entendu parler bien souvent, lorsque, la nostalgie gagne le cœur de son époux et qu'il lui relate les souvenirs de sa vie passée dans sa famille.

Le petit-déjeuner à l'africaine se passe bien.

Personne ne parle.

Charlyne ne peut s'empêcher de remarquer la beauté singulière de cette femme, prétendument cousine de son époux.

Réaction normale d'une femme qui ne veut en aucun cas introduire la louve dans la bergerie.

Une cousine, c'est avant tout une femme. Et dans ce cas de figure, une femme avec tout ce qu'il faut pour chavirer le cœur d'homme de son époux.

Elle sent soudainement monter en elle, un sentiment de jalousie qui l'incite à s'assurer que le danger ne rôde pas.

Mais elle ne veut pas aller plus vite que les battements de son cœur de femme jalouse. Elle doit manœuvrer avec tact.

Du pauvre type qu'était son époux la veille,

Pascal est devenu l'objet de toute son attention.

Elle ne sait pas l'expliquer.

C'est un sentiment qui ne la quitte pas d'une semelle.

Elle ne savait pas qu'elle pouvait ressentir un tel niveau de jalousie.

Ce sentiment la tenaille.

Elle n'en peut plus.

- « *Dites-moi cousine, comment ça va ? Le voyage s'est bien passé ?* »

interroge Charlyne pour briser la glace.

- « *Très bien Madame. Tout s'est bien passé. Mais j'ai eu quelques difficultés à parvenir jusqu' à vous, mais ça a été. Je rends grâce à Dieu.* »

répond Fyfé.

A nouveau un long silence, puis :

- « Qu'avez-vous répondu dans votre langue lorsque vous étiez arrivés ?   Pourriez-vous me le traduire à présent ? »

insiste Charlyne.

Fyfé esquisse un sourire, se tourne vers Pascal et lui demande :

- « Tu veux bien traduire et expliquer ce que j'ai dit à Madame ? »

- « Il n'y a rien à traduire. Tu as simplement dit bonjour, non ? »

répond Pascal en la fixant.

Dans son regard, il semble la mettre en garde contre toute tentative de déstabilisation au sein de son foyer.

Il sait que le fragile équilibre qu'il a réussi à établir, peut basculer à tout moment.

Et sa crainte principale, c'est le côté

imprévisible de sa cousine.

Au fond, il ne la connaît pas si bien que ça. Il ne sait pas quel degré de folie peut traverser son esprit en un instant donné, elle qui veut sa part du gâteau.

Elle répond :

- « *Oui, cousin* »

Réponses laconiques de part et d'autre qui ne satisfont pas Charlyne.

Elle soupçonne quelque chose qu'elle ne peut définir, et dont elle ne peut déterminer la dangerosité au sein de sa maison et de son couple.

Elle ne peut interroger le fiston. Alcibiade est muet comme une tombe.

Cela promet !

Dans sa propre maison, elle ne sait pas ce qui l'environne. Comment cela peut-il se faire ?

Elle ressent un grand malaise et une grande frustration, elle qui a ouvert sa porte à ces personnes jaillies du passé de son époux.

Une colère sourde commence à poindre.

Elle veut savoir ce qui se passe.

Mais pour l'instant, elle est contrainte de se satisfaire de ce poste d'observation que lui confère sa position de maîtresse de maison.

8

Après le petit-déjeuner, les deux visiteurs se retirent dans leur chambre pour prendre un peu de repos après leur nuit blanche en avion.

Moment d'accalmie toute relative.

Dans le cerveau de Pascal comme dans celui de Charlyne, tout se bouscule.

Les préoccupations ne sont pas les mêmes,

mais leurs finalités sont les mêmes pour les deux : la paix de l'esprit !

L'un voudrait que sa cousine se tienne tranquille et ne fasse pas de vagues, l'autre suppute qu'il se passe quelque chose de louche sous son propre toit.

La-dessus, Charlyne se prépare et regagne son atelier situé derrière le pavillon.

La voie est libre.

Après avoir fait la vaisselle, Pascal attend un moment, puis se dirige vers la chambre d'amis.

Tout doucement, il entrouvre la porte. Les deux visiteurs dorment à poings fermés.

La tentation est grande de réveiller la cousine pour s'entretenir avec elle sur ses réelles intentions.

Mais, elle semble dormir très profondément.

On verra plus tard, se dit-il.

Alors, il profite lui-aussi de ce petit moment de tranquillité pour se reposer.

Il regagne sa chambre et se met au lit. Ce même lit sur lequel, il avait âprement discuté la veille.

Il sombre dans un sommeil profond.

Quelques instants plus tard, il se réveille en sursaut.

Il avait senti un poids sur le matelas au pied du lit conjugal.

Il ouvre les yeux.

Il est interloqué.

Au pied du lit, il découvre Fyfé qui le regarde dormir.

Il ne peut s'empêcher de crier :

- « *Sors d'ici ! Il ne faut pas que mon épouse te trouve ici.* »

D'un bond, il se lève et se précipite vers la porte de la chambre.

Il passe la tête en dehors de la chambre. Pas de Charlyne en vue. Alors, il se retourne et invite Fyfé à sortir de la chambre.

Fyfé s'exécute.

Ils retournent tous les deux à la cuisine.

Ils s'installent autour de la table ronde.

Pascal lui propose du café frais. Elle décline l'offre. Il s'en fait une tasse pour lui-même.

Fyfé l'observe.

Elle ne peut croire qu'un homme puisse avoir si peur de son épouse.

Depuis son arrivée, elle a pu observer cette crainte qui dévore de l'intérieur, le cousin Pascal.

Elle ne comprend pas.

Soit, se dit-elle, le cousin est dénaturé, soit sa coépouse exerce une mauvaise influence sur lui.

Pour l'instant, elle ne peut se résoudre à pencher d'un côté ou de l'autre.

Elle observe. Chaque chose en son temps.

Pascal décide de rompre le silence .

- « *Cousine, m'as-tu apporté de bonnes nouvelles ?* »

- « *Ah bon, je suis ta cousine maintenant ? Vraiment ? Pourquoi tu ne m'appelle pas ma chérie comme tu le fais avec ma coépouse mon chéri ?* »

- « *Je suis sérieux : m'as-tu apporté de bonnes nouvelles ?* »

Fyfé ne bronche pas.

Pascal, étourdi par son silence assourdissant, poursuit :

- « *C'était donc une ruse pour venir ici et pourrir ma vie ?* »

- « *Si je n'avais pas dit ça, tu aurais envoyé le billet pour faire voyager ton fils pour faire sa connaissance ? … Tu sais Pascal, mon plan a été approuvé par la famille. … Je ne regrette rien. … C'est la famille qui m'a acheté mon billet. … Qui moi je connais dans le gouvernement pour t'aider à redresser ton entreprise ? … Je ne te savais pas aussi naïf mon pauvre Pascal ! Il fallait que tu sois vraiment au bord du gouffre et du désespoir pour croire à une telle invraisemblance. … Je vais te dire pourquoi je suis venue : comme je te l'ai déjà dit pour te présenter ton fils, mais également pour que tu me fasses un second enfant. … Tu sais bien qu'au pays, une femme ne doit pas rester sur un seul accouchement. … C'est une honte pour la famille, et une malédiction pour l'enfant unique qui sera esseulé toute sa vie. … Donc, prépare-toi à me faire un second enfant. Moi, je suis dans les meilleures dispositions en ce moment. … Plus vite tu m'auras enceintée, plus vite je* » *retournerai au pays et tu pourras préserver la paix avec ma coépouse et élever notre enfant ici avec toi et ta fille Mia. Elle s'appelle bien comme ça ? C'est ta maman qui l'a dit. C'est à toi de voir, maintenant que tu sais tout. … Je te laisse expliquer tout ça à ma coépouse. Si tu hésites, je le ferai bien volontiers. … Si tu veux, on peut commencer maintenant dans ta chambre. Je te le répète, plus vite je serai tombée enceinte, plus vite je m'en irai. … Pascal, j'ai soif, donne moi quelque chose à boire s'il te plaît.* »

Après avoir écouté tout ça, un violent orage a éclaté dans la tête de Pascal.

Il est au bord de la folie.

Comment a-t-il pu se laissé avoir par cette personne dont il ne connaît pas grand-chose ?

9

Installé dans son jardin, Pascal passe en revue toutes les possibilités qui s'offrent à lui.

Sa meilleure option : sa confession complète à Charlyne.

La moins bonne : céder au chantage et la mettre enceinte.

Dans le premier cas, que peuvent être les

représailles de cette vermine exercées sur sa famille en général, sur Charlyne et Mia en particulier ?

En ce qui le concerne lui, il sait que les carottes sont cuites. Il sait qu'il a perdu la face devant son épouse. Et le peu qu'il lui reste à faire pour conserver sa dignité d'homme, c'est de tout lui avouer et se suicider.

Mais le principal obstacle, c'est Mia.

Que va-t-elle penser ?

Qu'elle image va-t-elle garder de lui si elle apprenait que son père s'est suicidé à la suite d'un grand déshonneur ?

A une certaine époque, la préservation de l'honneur était inscrite dans les gènes des hommes.

Avoir le déshonneur pour compagnon, n'était pas quelque chose d'enviable pour l'homme dont une des missions était de défendre coûte que coûte, un code d'honneur placé au-dessus de tout.

Même si ses origines modestes le desservent dans son évolution dans la société, il a toujours eu au fond de lui-même une certaine probité visible à travers cette naïveté qui le caractérise, une réelle honnêteté intellectuelle, et au fond de son esprit, une croyance forte concernant la bonté innée chez l'homme (être humain).

Mais, il ne pourra jamais se résoudre à croire que l'instinct des hommes puisse être aussi bas au point d'hypothéquer une vie sur la base d'une vengeance ou d'une machination à des fins de satisfactions personnelles.

Ce n'est pas un présomptueux.

Dans son ADN, une des composantes est l'humilité, marque de fabrique qui le caractérise.

Il sait se contenter de peu, mais possède un sens aigu du devoir et de la responsabilité.

La mauvaise période qu'il traverse en ce moment, l'affecte beaucoup. Il ne sait plus vers qui se tourner.

Il pensait avoir le soutien de sa famille mais, grande a été sa déconvenue. Une amère déconvenue dont il n'est pas prêt de se relever.

Que penser de la trahison de toute une famille ?

Seule la personne qui a expérimenté une telle chose peut comprendre la portée et mesurer les effets dévastateurs qui en découlent.

Il n'est à souhaiter à personne de connaître de telles affres de la vie, car de telles affres remettent en cause tout le fondement de la société humaine qui prône la solidarité qui induit la protection des uns et des autres.

Que dire de son erreur de ce passé dont il ne se souvient pas ?

Les circonstances de ce rapprochement physique avec en toile de fond, une cérémonie rituelle très fortement alcoolisée, peut-elle constituer matière à poursuivre seize ans plus tard, même si il en est résulté une enfant ?

Pourquoi devra t-il craindre pour son couple si une cinglée vient jeter l'opprobre sur sa vie sur la base de son passé ?

Y a t-il eu mort d'homme dans cette affaire ?

Non, et alors ?

Quel crime a t-il commis ?

COUSINE !

10

Charlyne, qui ignore tout, mais toujours habitée par cette obsession qu'il se trame quelque chose dans sa maison, est revenue au pavillon préparer le déjeuner.

Pascal s'y oppose et se propose de faire la cuisine à sa place.

Il ne peut pas la laisser préparer ce repas pour une personne qui est sur le point de détruire son foyer.

Avant de quitter la cuisine, Pascal lui propose d'aller la voir à son atelier dans l'après-midi afin de s'entretenir avec elle sur un sujet important.

Charlyne accepte et retourne travailler.

Dans l'après-midi, comme convenu, Pascal se rend à l'atelier de son épouse.

A son arrivée, Charlyne constate la grande fatigue psychologique dans laquelle se trouve son époux.

Sa suspicion de la veille s'est métamorphosée en une inquiétude qu'elle ne peut maîtriser.

Pendant toutes les années de galères de son époux, elle ne l'avait jamais vu dans un tel état d'abattement.

Elle se demande ce qui se passe. Elle est impatiente de savoir.

Pascal se laisse tomber dans un fauteuil face à elle, et lui raconte par le menu, ce qui se passe et ce qu'il venait d'apprendre.

Elle l'écoute avec attention, elle le laisse aller jusqu'au bout de son récit-confession, puis, reprenant son souffle :

- « *Je te l'avais bien dit. Tout était cousu de fil blanc.* »

Elle pousse un grand soupir.

Elle allume une cigarette, tire une grande bouffée, puis :

- « *… On fait quoi maintenant ? Que me suggères-tu ?* »

Pascal est surpris pas tant de compréhension de la part de son épouse, même si son attitude est celle d'une personne qui veut d'abord éteindre l'incendie qui ravage sa maison, avant de chercher les raisons de cet incendie et trouver les moyens adéquats pour protéger sa maison.

Dans tous les cas, quelle que soit sa stratégie, Pascal se sent nettement mieux. Cela lui redonne de l'assurance de se sentir épaulé par par son épouse.

- « *Il n'est absolument pas question qu'ils puissent rester une minute de plus de plus dans notre maison. … Je vais leur payer une semaine d'hôtel et après ils se débrouillent.* »

- « *Et tu penses qu'elle va accepter de déguerpir aussi facilement ?* »

rétorqua Charlyne.

- « *Aura t-elle le choix si toi et moi, ensemble, nous lui signifions notre décision de les voir partir de chez nous ? … Je vais voir si je peux faire une réservation au F1 près du centre commercial.* »

Charlyne pousse un gros soupir une fois encore.

- « *Non, c'est à moi de lui parler. Sois tranquille.* »

Pascal est surpris.

- « *Tu crois chérie ?* »

- « *Oui !* »

Il est dubitatif.

- « *OK. A ce soir.* »

11

A la fin de sa journée de travail, Charlyne regagne le pavillon.

Elle prend un bain et vient s'installer dans le jardin pour déguster une tasse de thé.

Mia est de retour du collège.

Elle découvre les visiteurs dont elle a entendu parler.

Elle remarque également l'ambiance à couper au couteau qui règne dans sa maison.

Elle rejoint sa maman dans le jardin. Elle lui chuchote quelque chose à l'oreille.

Charlyne la rassure.

Mia s'installe pour prendre son goutter.

Soudain :

- « Mia, tu n'invites pas ton frère à partager ton goutter ? … Elle est belle l'éducation que tu as reçue. Si c'était au pays, cela ne se serait pas passer comme ça. ... Pascal, comment as-tu élevé ta fille ? … Crois-tu que ta maman serait fière de toi en voyant cela ? »

lance Fyfé sur un ton péremptoire.

Elle vient d'ouvrir les hostilités.

COUSINE !

Charlyne n'en revient pas.

Pascal est interloqué de voir Fyfé rechercher ostensiblement la bagarre.

 - « *Cousine, comment peux-tu parler de la sorte ? …   D'ailleurs tu vas ranger vos affaires et je vous conduis tous les deux à l'hôtel. … Je vous donne une heure pour vous préparer* »

Fyfé éclate de rire.

- « *Hééééé Pascal ! Écoute-moi bien, je ne vais pas te le répéter ! Je ne vais nulle part. Ton fils non plus. … Tu oses nous chasser, ton fils et moi de ta maison ? … Tout le monde le saura au pays. … Au cas où tu n'aurais pas bien compris ce que je t'ai dit ce matin, je te répète que plus vite je serai enceinte, plus vite je m'en irai. … Je n'ai pas envie de rester dans cette maison dans laquelle je ne ressens rien de bon. Rappelle-toi également que ton fils Alcibiade par contre, va rester chez toi, et je te conseille de lui donner une bonne éducation. … .* »

Mia écoute ces paroles avec effroi. Elle interroge sa maman du regard. Elle n'obtient aucune réponse. Elle est perdue.

Elle ne comprend pas ce qui se passe. Elle s'était réveillée fille unique, elle se retrouve en fin de journée dans la peau d'une sœur d'un certain Alcibiade dont elle ignore tout. Son père qui est son héro doit enceinter une femme dont elle ignore tout également. Sa maman est prostrée, elle qui n'a pas sa langue dans la poche, d'habitude. Elle ne sait plus dans quelle dimension elle vit. Elle se met à pleurer.

Charlyne ne peut plus garder son calme. Elle peut plus supporter de voir la manière dont Fyfé traite son mari et sa fille. Elle a atteint le point de non retour.

Elle se précipite sur Fyfé et la saisie par les cheveux en hurlant :

- « *Fous le camp de chez moi, sale pute !* »

Les deux femmes se retrouvent projetées à terre.

- « *Sale pute toi-même ! … Connasse !* »

réplique Fyfé en hurlant.

Des coups d'une rare violence, sont échangés de part et d'autre.

Le visage de Charlyne est lacéré de partout. Il en est de même chez Fyfé, la moitié de sa perruque arrachée.

Les deux femmes sont en sang.

Des hurlements fusent de part et d'autre.

Réfugiée dans les bras de son père, le visage enfoui dans son cou, Mia ne veut pas voir ce qui se passe. Elle n'arrête pas de pleurer.

Pascal est pétrifié, incapable de séparer les deux femmes, de peur de prendre des coups.

D'ailleurs, comment séparer deux tigresses qui se battent ?

Tout d'un coup, Charlyne s'immobilise.

Elle vient de recevoir un mauvais coup.

Pascal repousse violemment Mia et se précipite vers Charlyne.

Elle semble inconsciente. Elle ne bouge plus.

Il saisit son portable, et appelle les pompiers.

A leur arrivée, malheureusement ils ne purent que constater le décès de Charlyne.

12

Comment expliquer à la police ce qui s'est réellement passé ?

Comment leur faire comprendre qu'à la suite d'un terrible malentendu, un tel drame ait pu se dérouler dans cette famille tranquille et méritante ?

Pascal n'est pas connu des services de la police. Il n'a pas de casier judiciaire. Il n'est

COUSINE !

© *Nathanaël AMAH , 2019   NATHAM Collection*

pas du genre à attirer l'attention sur lui.

Ce qui lui arrive est carrément injuste.

Il ne comprends pas pourquoi le sort s'acharne sur lui à ce point.

Il vient de perdre sa bien-aimée qui est transportée à l'institut médico-légal de Paris aux fins d'autopsie.

Que peut-il lui arriver de pire ?

Il ressent cette perte comme une amputation.

Ça fait mal. Très très mal.

Il se console avec la seule chose qui lui reste au monde : sa fille Mia qui est très attachée à lui, Mia à qui, tôt ou tard, il devra expliquer ce qui s'est réellement passé. Il lui doit la vérité, même si, à la suite de ses explications, elle lui tourne le dos, définitivement. Mais chaque chose en son temps.

Fyfé est embarquée menottée par la police et interrogée sans tarder.

Sa ligne de défense est invariablement la même depuis son arrivée au commissariat :

- « *J'ai été attaquée par ma coépouse. Je me suis défendue. C'était elle ou moi !* »

A part cela, elle n'exprime aucun regret.

Le commandant de police chargé de l'enquête n'en revient pas.

Il interroge son collègue du regard.

Ils sont persuadés tous les deux d'avoir à faire à une histoire de polygamie qui a mal tourné.

Vous imaginez aisément le déroulement de l'interrogatoire « *ubuesque* » de Pascal, soupçonné d'avoir instauré la polygamie dans le plus grand secret derrière les murs de sa maison.

Car, parler de « coépouse » dans un pays comme la France comme le fait Fyfé, ne peut que susciter une telle déduction de la part des fonctionnaires de police chargés de l'affaire.

Derrière sa grosse et épaisse moustache grisonnante, le visage fermé, le fonctionnaire de police qui audite Pascal, ne croit pas un mot du récit de Pascal :

- une entreprise qui bat de l'aile,
- une aide providentielle d'une cousine qui devait infléchir la décision du gouvernement de son pays concernant l'achat de la station solaire inventée par lui,
- ladite cousine qui débarque en France pour se faire enceinter en compagnie d'un jeune homme qui est le fils de Pascal conçu lors d'une cérémonie rituelle au pays, cérémonie rituelle abondamment arrosée,
- etc …

Le fonctionnaire de police est furieux d'entendre toutes ces inepties.

Sa moustache n'arrête pas de frémir.

Il est persuadé que Pascal se fiche de lui et lui fait perdre son temps.

Alors, il énonce de façon péremptoire,

comment selon lui, les choses se sont passées en réalité.

- une vie en Afrique,
- une femme africaine,
- un enfant en Afrique,
- une vie en France,
- une femme française,
- un enfant en France
- une tentative de regroupement familial qui a mal tourné,
- assassinat de la femme française pour faire place nette avec la complicité de l'époux bigame.

Il fait enregistrer cette version créée de toute pièce par lui, et demande à Pascal de la signer.

Pascal refuse.

A la demande du fonctionnaire de police, en accord avec le procureur de la république, la garde à vue de Pascal est prolongée.

Fyfé, qui n'a guère été plus convaincante et qui de surcroît, n'a que le mot « coépouse » à la bouche, a également vu sa garde à vue prolongée.

13

Les voisins sont sous le choc.

 Ils ne comprennent pas.

Pour eux, Pascal et Charlyne sont des personnes adorables, serviables et respectées.

Ils ne croient pas un seul instant que Pascal soit un polygame.

87

Il a toujours eu une vie bien rangée.

La voisine directe du pavillon mitoyen, grande amie de Charlyne, sait par les confidences de sa regrettée amie, que la cousine de Pascal devrait bientôt arriver d'Afrique pour régler une affaire en lien avec l'entreprise de son époux.

Elle ne sait rien de plus.

Et puis, une semaine après, survint le drame épouvantable.

C'est ce qu'elle déclara lors de l'enquête de voisinage.

Ce qui accrédite la thèse défendue par Pascal, thèse qui semblait tout à fait farfelue, ou considérée comme telle par la police.

Donc, à l'appui de cette déclaration digne de foi, Pascal est libéré mais reste sous contrôle judiciaire avec obligation de pointer deux fois par jour au commissariat de son quartier.

De retour à la maison, grand moment de

communion avec sa fille.

Ils se serrent l'un contre l'autre. Ils pleurent toutes les larmes de leurs corps. Charlyne leur manque cruellement, terriblement.

Ils sont désarçonnés. Il n'arrivent pas à se relever. Personne pour les aider à se relever. Charlyne était leur béquille.

Que vont-ils faire à présent ? Que vont-ils devenir ?

Ils ne savent pas par quel bout reprendre le cours de leur vie.

Pour l'heure, il a besoin de s'expliquer. Il a besoin de cela. Il a besoin de cette réhabilitation décrétée par sa fille pour lui permettre de continuer à vivre à ses côtés.

Alors, comme il l'avait fait devant la regrettée Charlyne, il explique par le menu le déroulement des événements.

Il ne lui cache rien. Il dit tout.

Elle l'écoute attentivement. Puis :

- « *Et lui, on fait quoi avec ?* »

- « *Que veux-tu dire ?* »

- « *Lui !* »

en indiquant la porte de la chambre d'amis.

Ah oui, Alcibiade ! Celui-là par qui tout est arrivé.

Il lui était sorti de l'esprit.

Au même moment, comme s'il avait perçu l'inquiétude de Mia, Alcibiade sortit de la chambre d'amis.

Il avance d'un pas hésitant. Il s'arrête devant eux et *:*

- « *Pardon tonton. Pardon Mia.* »

Pour la première fois depuis son arrivée, Pascal put entendre la voix de son prétendu fils.

Il est surpris de l'entendre.

L'observation qu'il en avait faite à son arrivée l'avait laissé penser qu'il était dénué de tout sentiment de compassion.

Mais, il vient de démontrer le contraire en demandant pardon, à son supposé père et à sa supposée sœur.

14

Les conclusions du médecin légiste sont sans appel. Ils indiquent qu'il s'agit d'un décès « accidentel », occasionné par une rupture d'anévrisme.

Cela devrait arriver dans tous les cas, tôt ou tard, à la suite ou pas d'une bagarre entre femmes.

Ces résultats disculpent totalement Fyfé puisque sa responsabilité n'a pas été directement liée aux causes du décès.

Par conséquent, à son tour, elle est remise en liberté.

Elle est donc libre. Le commissariat ordonne à Pascal de venir la récupérer.

Cette nouvelle concernant les causes du décès ne le réconforte pas, mais le disculpe quelque peu. Elle allège un tout petit peu, ce poids qu'il porte sur ses épaule depuis le drame.

Il se sent moins coupable même si sa douleur est toujours vive d'avoir perdue la seule personne qui a toujours cru en lui.

Il sait que cette culpabilité ne le quittera jamais.

S'il n'avait pas créé son entreprise, si cette entreprise n'était pas devenue le caillou dans sa chaussure, si .... , si .... , peut-être que Charlyne serait encore de ce monde.

Il est mortifié. Il souffre horriblement.

Sa souffrance morale rejoint sa souffrance physique causée par cette perte inestimable, irréparable.

Le coup du sort peut être terrible parfois.

Le voilà donc en route pour aller récupérer et ramener à la maison, la seule personne qu'il ne souhaite pas côtoyer en cet instant précis.

Mais que peut-il faire ? La laisser au poste de police pour qu'elle continue de salir sa réputation ? La récupérer et la ramener à l'aéroport pour la réexpédier directement au fin fond de l'Afrique pour ne plus jamais croiser sa route ?

Il se sent pris dans une nasse de laquelle il n'arrive pas à se sortir.

La question se pose une fois encore avec beaucoup plus d'acuité : que peut-il faire ?

Attendre que l'émulsion se redépose au fond

du verre, et tâcher d'y voir clair.

La seule chose à faire, est de la ramener à la maison et attendre le moment propice pour prendre les décisions qui s'imposent.

Arrivé au poste de police, il stationne au parking et attend un bon moment avant de sortir du véhicule.

Dans le hall du commissariat, assise sur un banc, Fyfé attend.

Il s'approche d'elle et l'invite à le suivre.

« ***Pardon cousin !*** »

lance t-elle dans sa langue vernaculaire en se levant.

Pascal ne répond pas.

Il tourne les talons et se dirige vers la porte de sortie.

Fyfé le suit comme son ombre.

Ils sont à présent à l'extérieur du poste de police.

Soudain, Pascal se retourne et lui administre une gifle monumentale.

Fyfé voit trente six chandelles.

Elle accuse le coup.

- « *Cette fois-ci j'accepte. Ne me refais plus jamais ça, sinon je te tue ! C'est bien compris ?* »

dit-telle froidement, toujours dans sa langue vernaculaire.

Elle continue de marcher derrière Pascal qui reprend le chemin vers son véhicule.

Pascal s'attendait à une réaction de sa part, mais pas à celle-là.

Elle vient de le menacer de mort. Il sait de quoi ils sont capables au pays. Mais il fallait qu'il le fasse pour soulager sa colère. Il fallait qu'il le fasse pour Charlyne. Il fallait lui faire comprendre la gravité de ce qui s'est passé, en très grande partie par sa faute en débarquant en France alors que ce n'était pas ce qui était convenu.

Arrivé au véhicule, Pascal exige qu'elle monte à l'arrière.

.

15

Après l'autopsie, le corps de Charlyne est mis à la disposition de sa famille.

Fille unique, orpheline de père et de mère, sa seule famille se résume à Pascal son époux et à Mia, sa fille unique.

Moment difficile lors de la visite à la morgue.

Moment de révolte lors de la présentation du corps.

Sur le visage de Charlyne, ils peuvent voir les stigmates de cette bagarre féroce et acharnée.

Des griffures, des ecchymoses, des bleus autour des yeux. La lèvre supérieure enflée, etc … .

Spectacle insoutenable.

Autre moment difficile à vivre :
l'organisation des obsèques alors que celle par qui la mort est arrivée, est encore présente sur les lieux du drame.

Il n'y a que celui ou celle qui a vécu ce moment particulier qui peut comprendre l'énergie nécessaire qu'il faut déployer pour entamer une telle démarche.

Pascal a besoin d'un appui. Il n'ose pas solliciter sa fille. Elle n'a que quatorze ans. Elle ne lui sera d'aucun secours.

Il n'a pas d'amis sur qui compter. Depuis son

arrivée en France, il a passé la majeure partie de son temps à essayer de se construire un avenir. Il n'a pas eu le temps de se faire des amis, mise à part les membres du personnel des bureaux de l'administration contre lesquels il s'est battu toute sa vie pour obtenir le « minimum » de ce qu'il demandait pour s'établir dans la vie professionnelle.

Ce drame a considérablement fragilisé Mia..

Les jours qui ont suivi le jour du drame, elle a fait pipi au lit à plusieurs reprises.

Elle le lui a dit, sans se cacher. Elle n'a plus sa mère pour se confier.

Il ne sait pas comment gérer ça.

Il n'a même pas le réflexe de consulter le médecin de famille, encore moins de demander une aide psychologique pour sa fille, et pour lui-même.

Son seul recours, la voisine Jeanne, amie de longue date de la regrettée Charlyne.

Alors, muni d'un courage inespéré, il lui rend visite, et lui demande de l'aider.

C'était la première fois qu'ils se revoyaient depuis le drame.

Ils fondent en larmes tous les deux.

Ils évoquent le souvenir de Charlyne.

Pascal lui expose le problème de sa fille.

Jeanne, ancienne infirmière, comprend ce qui se passe. Elle se propose de la prendre en charge, le temps qu'il faudra, en particulier tant que la cousine et son fils seront présents dans les lieux.

Pascal ne sait comment la remercier.

Il lui remet un jeu de clés.

De retour chez lui, il eut la surprise de sa vie.

Fyfé qui porte également des stigmates de sa bagarre avec Charlyne, vient lui faire cette proposition surréaliste (toujours dans sa langue vernaculaire), dans ce moment de deuil tout frais pendant lequel Pascal essaie de reprendre le dessus pour se reconstruire :

- « *Si tu veux que je parte, alors enceinte moi et je m'en irai aussitôt. … Je te donne ma parole.* »

Pascal cherche du regard autour de lui, un fusil ou tout objet lui permettant de l'éliminer sur le champ. Mais il ne trouve rien. La moutarde lui monte au nez. Il se précipite vers elle.

Fyfé devine ses intentions, et lui dit froidement avant qu'il ne parvienne à commette l'irréparable :

- « *Cousin, je t'ai prévenu. Si tu me frappes encore, je te tue ! … La seule permission que je te donne pour toucher mon corps, c'est de me prendre pour m'enceinter comme je l'ai demandé.* »

- « *Fyfé, tu es une grande malade !* »

répond Pascal.

- « Non, je ne suis pas une grande malade comme tu le dis. … Je t'ai tout expliqué, Pascal. Je ne rajouterai rien. … Je suis à ta disposition, dès ce soir si tu le veux. … Mon corps ne va pas t'attendre éternellement. Plus tu tarderas, moins vite je m'en irai. C'est pourtant pas difficile à comprendre, toi qui a été à l'école. »

Pascal se demande comment il puisse exister une telle personne sur cette terre. De surcroît une personne issue de sa famille proche.

Il n'a jamais démérité. De temps en temps, malgré ses maigres ressources, il a toujours envoyé de l'argent à la famille, spontanément ou, à la demande de tel ou tel membre de la communauté.

Comment ont-ils pu fomenter un pareil complot pour briser sa famille ?

Il ne sait même pas vers qui se tourner au pays pour éteindre ce feu qui ravage sa vie.

Il ne sait pas qui est qui dans cette affaire, et à

103   COUSINE !

qui il peut faire confiance.

A en croire Fyfé, sa famille s'était cotisée pour l'envoyer en France aux fins de concevoir une nouvelle grossesse.

Parmi les cotisants, il y a son père et sa mère, probablement, en puisant dans les sommes d'agent que lui-même leur a envoyées.

Comment aller à l'encontre des désirs de la famille, même si lesdits désirs se manifestent à travers Fyfé de la manière la plus violente qui soit ?

Il vit dans un pays de droit. Il ne peut se permettre de commanditer l'assassinat de cette personne qui est venue détruire sa vie.

Il ne peut même pas porter plainte pour harcèlement, compte-tenu de ce qui vient de se passer, lui même fortement soupçonné de bigamie à cause des déclarations tonitruantes de sa cousine.

Le fait d'être en liberté sous contrôle judiciaire, est déjà un vrai miracle, compte-tenu de la gravité de la situation.

Il ne peut se permettre d'aggraver son cas.

COUSINE !

16

Jour des obsèques.

Charlyne est incinérée après une brève cérémonie d'adieu, réunissant sa famille et quelques uns de ses amis proches.

Ses cendres sont dispersées dans le jardin du pavillon (malgré les plus vives protestations de

COUSINE !

Fyfé, sous prétexte que cela ne se fait pas de garder un mort à la maison).

Dès lors, pressée de s'en aller, les nuits de Pascal sont devenues un véritable enfer sur terre.

Fyfé fait continuellement le siège de la porte de sa chambre à coucher.

Il faut qu'elle tombe enceinte le plus vite possible.

Elle prépare et consomme des décoctions de plantes pour la rendre fertile.

A cette fin, elle a ramené une vraie pharmacopée dans sa valise.

Il faut que ça marche.

Elle ne comprend pas pourquoi son cousin ne veut pas obéir aux desiderata de sa famille.

Elle le menace des pires choses.

Elle aurait parait-il invoqué au pays, leurs

plus hautes divinités auprès desquelles, un pacte secret aurait été signé par le sang versé.

Elle met tout en œuvre pour l'effrayer afin qu'il puisse considérer sa demande de la mettre enceinte.

Un jour, Mia, pour une raison inconnue, est prise vomissements, de fièvre et de tremblements.

Probablement une grippe qui s'installe tout doucement ou une banale intoxication alimentaire.

Fyfé saisit l'occasion pour attirer son attention sur le fait que, ce sont les divinités qui s'impatientent, et que, à défaut de ramener l'enfant pour lequel un pacte a été signé par le sang versé, ces divinités prendront possession de sa fille. Elle peut devenir folle, malade ou tout simplement mourir.

De quoi lui faire peur davantage, même si c'est cousu de fil blanc.

Malgré le traitement anti grippe, la fièvre ne

tombe pas. Le médecin de famille ne comprend pas.

Il préconise une hospitalisation. Pascal s'y oppose, persuadé qu'elle serait plus vulnérable hors de la maison.

La graine introduite dans le fruit, commence à produire son effet.

Le doute envahit son esprit.

Et si c'était vrai ?

Comment faire pour annuler les effets de ce sortilège ?

Pascal est au courant de ces pratiques dans son pays. Son père avait en son temps, prodigué des conseils au moment où il devait quitter le pays pour rejoindre la France après son mariage.

Son père lui avait mis dans ses affaires, deux ou trois antidotes à larges spectres, permettant de contrer tel ou tel effet de telle ou telle attaque diligentée depuis le pays.

Mais dans la nomenclature des cas de figure dont il se souvient, il n' y a pas le refus d'obéir aux injonctions de telle ou telle divinité ordonnant d'enceinter une femme placée sous sa protection.

Malgré tout, il se rend dans son grenier où sont stockés ses paquets ramenés d'Afrique, il y a quelques années de cela.

Il cherche frénétiquement le fameux colis contenant les antidotes.

Il y passe plusieurs heures.

A supposer qu'il réussisse à mettre la main sur ce colis, qu'est-ce qui lui certifie que ces antidotes auraient conservé toute leur puissance et leur efficacité pour éteindre ce feu qui ravage sa vie par les deux bouts ?

Il cherche toujours. Il ne trouve pas.

Il se souvient que Charlyne faisait périodiquement le ménage dans ce grenier pour éviter de trop entasser . Peut-être que, au

© *Nathanaël AMAH , 2019 NATHAM Collection*

cours d'une de ses séances de nettoyage, elle ait pu jeter un de ces colis par inadvertance. Qui sait ?

Si c'était le cas, cela n'arrange pas les affaires de Pascal. C'était son dernier espoir avant de sombrer dans cette folie qui l'aurait conduit à engendrer un monstre dans le ventre de sa diablesse de cousine.

17

Pascal se ressaisit et décide d'abandonner les recherches dans son grenier.

Il n'est pas question d'entrer dans ce jeu débile et pervers que lui impose sa cousine.

Il ne crois pas à ces diableries. Il en a vu d'autre.

COUSINE !

Il connaît les enjeux. Mais il préfère renoncer à coopérer, même si la peur de perdre sa fille unique ne cesse de l'habiter.

Son renoncement obéit à sa volonté de ne pas céder à ce chantage odieux qui l'obligerait à se à se damner, à se comporter comme le dernier des salauds, salissant au passage la mémoire de sa regrettée épouse.

Il ne veut pas se rendre complice de cette famille qui lui planté le couteau dans le dos en lui envoyant le diable pour détruire sa vie.

Le sacrifice de son épouse ne saurait resté vain.

Il faut que tout ce qui s'est passé ait un sens.

Pour cela, il a besoin de toute son intégrité mentale pour reprendre les choses en mains.

Ce n'est pas à lui d'avoir peur de Fyfé, mais c'est à Fyfé d'avoir peur de lui.

La peur doit changer de camp.

Un monstre quel qu'il soit, a son talon d'Achille.

C'est bien connu.

Alors, il redescend au rez-de chaussé à toute vitesse, et se rend dans sa chambre à coucher.

Les cendres de Charlyne n'avaient pas été dispersées dans le jardin en totalité.

Pascal en avait conservé une petite quantité dans une fiole pour pouvoir le moment venu, la placer dans son cercueil le jour de son enterrement. Il en avait discuté avec Charlyne, et elle était d'accord sur le principe.

Il subdivise ces cendres contenues dans la fiole et reconstitue une autre fiole qu'il place au chevet de sa fille.

Symboliquement, il place ainsi Mia sous la protection de sa maman, et espère de tout son cœur que cela va fonctionner.

Quand à lui, il attache une cordelette blanche

autour du goulot de la fiole et porte la fiole ainsi attachée, autour de son cou.

En l'apercevant, Fyfé décida de quitter la maison sans tarder.

F I N

COUSINE !

COUSINE !

COUSINE !

119

Éditeur : BoD-Books on Demand, 12/14 rond point des
Champs Élysées, 75008 Paris, France
Impression: BoD-Books on Demand, Norderstedt,
Allemagne
ISBN : 9782322130832
Dépôt légal : Juillet, 2019

COUSINE !